Y Lleidr Llaeth

Y Lleidr Llaeth

Gwenno Hughes

Lluniau Helen Flook

Gomer

Cyhoeddwyd gyntaf yn 2013 gan
Wasg Gomer, Llandysul, Ceredigion, SA44 4JL
www.gomer.co.uk

ISBN 978 1 84851 662 5

Cyhoeddwyd gyda chefnogaeth Llywodraeth Cymru.

Argraffwyd a rhwymwyd yng Nghymru gan
Wasg Gomer, Llandysul, Ceredigion.

Pennod 1

Roedd pobl Stryd Rhyd-y-Byd yn flin.
Roedd hi'n wyth o'r gloch y bore, a doedd
dim potel laeth ar stepen drws yr un tŷ!

Doedd gan
Miss Jones,
rhif Un, ddim
llaeth i'w roi
yn ei the.

Doedd gan Mrs Maracas, rhif Dau, ddim
llaeth i'w roi yn ei choffi.

Doedd gan Capten Lefi-Leishon-Lewis,
rhif Tri, ddim llaeth i'w roi ar ei greision ŷd –
na'r un diferyn i'w roi yn soser Goleiath,
y gath.

Doedd dim syndod o gwbl bod pobl Stryd
Rhyd-y-Byd yn flin!

Roedden nhw'n meddwl bod y dyn llaeth wedi cysgu'n hwyr. Doedd o ddim. Roedd y dyn llaeth wedi gadael potel o laeth ar stepen drws bob tŷ yn Stryd Rhyd-y-Byd am saith o'r gloch y bore.

Felly, i ble roedd y poteli llaeth i gyd wedi mynd?

Nefoedd yr adar!
Roedd rhywun wedi
eu dwyn!

Ond pwy ar wyneb y ddaear fyddai'n
dwyn poteli llaeth Stryd Rhyd-y-Byd?

Pennod 2

'Ar y plant 'na mae'r bai!' dywedodd
pawb. Deio a Dwynwen oedd yr unig blant
yn y stryd, ac roedden nhw'n ddau eitha
direidus.

Roedd Deio a Dwynwen wrth eu bodd yn chwarae triciau ar bawb.

Un tro, fe roddon nhw froga yn esgid
Miss Jones er mwyn ei gweld hi'n sgrechian
fel rhywun gwallgo . . .

Dro arall, fe roddon nhw bry cop ar dreiffl
Mrs Maracas, er mwyn gweld ôl wyth troed
bach, bach yn yr hufen . . .

Dro arall, fe beintion nhw sbectol Capten Lefi-Leishon-Lewis yn ddu er mwyn iddo feddwl ei bod hi'n ganol nos pan oedd hi'n ganol dydd . . .

Pan welodd Miss Jones, Mrs Maracas a
Capten Lefi-Leishon-Lewis fod Deio a
Dwynwen yn chwarae ym mhen draw'r
stryd, fe waeddon nhw, 'Hei! Chi'ch dau sy
wedi dwyn ein poteli llaeth ni, yntê?'

Edrychodd Deio a Dwynwen yn syn.
Am beth oedd pawb yn sôn?

'Nid ni sy wedi dwyn y poteli llaeth!'
meddai Deio'n bendant.

'Pwy arall fyddai'n gwneud peth mor
ddrwg?' gofynnodd Mrs Jones yn gas.

'Nid ni wnaeth!' dywedodd Dwynwen. 'Dydyn ni ddim yn yfed llaeth! Lemonêd ydy ein hoff ddiod ni!'

'Wel, mae *rhywun* wedi dwyn y poteli llaeth!' meddai Mrs Maracas.

'Oes wir!' meddai Capten Lefi-Leishon-Lewis, a mewiodd Goleiath yn flin.

Edrychodd Deio a Dwynwen yn syn ar ei gilydd. Doedden nhw ddim yn hoffi cael bai ar gam.

'Does 'na ond un peth amdani,
Dwynwen,' meddai Deio. 'Bydd raid i ni
droi'n dditectifs a dal y lleidr llaeth . . .'

Pennod 3

Bu'r ddau yn meddwl yn galed.

'Ble byddet *ti*'n cuddio petait ti wedi dwyn y poteli llaeth?' gofynnodd Deio i Dwynwen.

Crafodd Dwynwen ei phen fel ditectif go iawn.

'Mae gen i syniad,' meddai'n sydyn. 'Dilyn fi!'

Roedd pont y pentref yn lle da i guddio.
Cripiodd Dwynwen a Deio at y bont i weld a
oedd y lleidr yn cuddio oddi tani. Daliodd
y ddau eu gwynt – ond doedd y lleidr ddim
yno. Am siom . . .

'Ble byddet *ti*'n cuddio petait ti wedi dwyn y poteli llaeth?' gofynnodd Dwynwen i Deio.

Crafodd Deio ei ben fel ditectif go iawn.

'Mae gen i syniad,' meddai'n sydyn. 'Dilyn fi!'

Roedd sgip sbwriel y pentref yn lle da
i guddio. Cripiodd Deio a Dwynwen tuag
at y sgip i weld a oedd y lleidr yn cuddio
y tu mewn iddi. Daliodd y ddau eu gwynt
wrth edrych dros yr ochr – ond doedd neb
y tu mewn iddi. Am siom . . .

Crafodd Deio a Dwynwen eu pennau
unwaith eto.

'Mae gen *i* syniad arall!' meddai'r ddau
ar yr un pryd.

Roedd arhosfan bysiau'r pentref yn lle
da i guddio. Cripiodd Deio a Dwynwen tuag
at yr arhosfan i weld a oedd y lleidr yn
cuddio ynddo. Daliodd y ddau eu gwynt
wrth edrych heibio i'r drws – ond doedd neb
yno. Am siom . . .

Wrth i Deio a Dwynwen gerdded adref yn benisel, dyma nhw'n clywed sŵn poteli'n tincial y tu ôl i wal y parc.

Daliodd y ddau eu gwynt a sbecian dros y wal . . .

Bloeddiodd y ddau mewn dychryn wrth
weld creadur bach arian â gwallt fel cwmwl,
sbectol siâp sêr a chôt ledr ddu yn cario tair
potel laeth yn ei ddwylo main.

Gwichiodd y creadur bach arian mewn dychryn wrth weld Deio a Dwynwen yn sbecian arno dros y wal. 'Pwy ydych chi?' holodd.

'Ac mae'n amlwg pwy wyt ti!' meddai Deio a Dwynwen gyda'i gilydd. '*Ti* yw'r lleidr llaeth!'

Pennod 4

'Dydw i *ddim* yn lleidr!' gwichiodd y creadur bach arian. Gollyngodd y poteli llaeth mewn braw wrth glywed lleisiau Deio a Dwynwen.

'Rhag eich cywilydd chi'n dweud y fath beth! Sbarci ydw i, a dwi'n dod o'r Llwybr Llaethog . . .'

'Y Llwybr Llaethog?' gofynnodd Deio
mewn penbleth. 'Ble mae'r Llwybr Llaethog?'

'I fyny fan acw yn y gofod,' gwichiodd
Sbarci. Saethodd gwreichion gloyw o'i fys
wrth iddo bwyntio i'r awyr. 'A fedra i *byth*
fynd yn ôl adref heb lenwi tanc y Gofodgar
i'r top efo llaeth . . .'

'Gofodgar?' gofynnodd Dwynwen yn syn.

Saethodd rhagor o wreichion gloyw o fys Sbarci wrth iddo bwyntio at gar bach piws wedi'i barcio y tu ôl i'r llithren. Roedd ganddo dair olwyn a dwy aden bigog.

Syllodd Deio a Dwynwen yn syn ar y
Gofodgar. Doedden nhw erioed wedi gweld
y fath beth.

'Nid *dwyn* y poteli llaeth wnes i,'
gwichiodd Sbarci. 'Roedden nhw wedi cael
eu gadael y tu allan i'r tai yn y pentref.
Doedd neb eu heisiau nhw, felly . . .'

'Y dyn llaeth oedd wedi gadael y
poteli y tu allan i'r tai er mwyn i bobl
y pentref gael llaeth amser brecwast,'
eglurodd Deio.

'O diar!' gwichiodd Sbarci gan sylweddoli ei fod wedi gwneud camgymeriad. 'Mae'n ddrwg gen i. Doedd gen i ddim syniad. Beth wna i rŵan? Sut alla i fynd adref heb laeth i'w roi yn y tanc?'

Pennod 5

Roedd Deio a Dwynwen yn gallu gweld bod
Sbarci yn torri'i galon. Doedden nhw ddim
yn hoffi gweld neb yn drist.

'Wnawn ni dy helpu di i ddwyn rhagor o
boteli llaeth,' meddai Deio.

'Ond mae dwyn yn ddrwg,' gwichiodd Sbarci.

'Dwi'n gwybod,' meddai Dwynwen. 'Ond does gyda ni ddim ddewis. Fel arall, does gen ti ddim gobaith o fynd yn ôl i'r Llwybr Llaethog . . .'

Roedd Sbarci'n gwybod bod Deio a
Dwynwen yn iawn. Roedd yn torri'i galon
eisiau mynd yn ôl adref i weld ei fam a'i dad.

Felly, y bore wedyn, dyma Sbarci'n cuddio y tu ôl i wal Stryd Rhyd-y-Byd gyda Deio a Dwynwen. Roedden nhw'n aros am y dyn llaeth.

Cyrhaeddodd hwnnw fel roedd cloc y pentref yn taro saith o'r gloch. Gadawodd boteli llaeth ar stepen drws rhif Un, rhif Dau a rhif Tri Stryd Rhyd-y-Byd.

Ar ôl i'r dyn llaeth fynd, sleifiodd Deio a Dwynwen yn ddistaw bach at y poteli, a'u dwyn.

Ond – o diar! Clywodd y plant leisiau'n dod o ganol y llwyn rhododendron yng ngardd Miss Jones.

Roedd Miss Jones, Mrs Maracas a Capten
Lefi-Leishon-Lewis wedi cuddio yn y llwyn er
mwyn trio dal y lleidr llaeth. Neidiodd y tri
allan a gweiddi'n groch, 'Aha! Roedden ni'n
gwybod mai *chi* oedd wedi dwyn y llaeth!'

Rhewodd Deio a Dwynwen yn yr unfan.
'Mae'n ddrwg iawn, iawn gyda ni,'
meddai Deio. 'Ond nid dwyn y llaeth i ni'n
hunain wnaethon ni. Roedden ni'n trio
helpu ffrind . . .'

Pwyntiodd Deio a Dwynwen at Sbarci,
oedd yn crynu fel deilen y tu ôl i'r wal.
Syllodd Miss Jones, Mrs Maracas a Capten
Lefi-Leishon-Lewis yn syfrdan wrth weld
creadur bach arian, gyda gwallt fel cwmwl,
sbectol siâp sêr, a chôt
ledr ddu yn dod
i'r golwg.

45

Pennod 6

'Dwyn y llaeth er mwyn helpu Sbarci i fynd
yn ôl adref wnaethon ni,' eglurodd Deio a
Dwynwen.

'Ond ddylech chi *byth* ddwyn!' dwrdiodd Miss Jones.

'Mae'n wir ddrwg gyda ni,' meddai Deio a Dwynwen. 'Ond roedd ganddon ni dipyn o broblem . . .'

'Os felly, dylech chi ofyn am help – nid
dwyn!' meddai Mrs Maracas.

'Wnewch chi faddau i ni a'n helpu ni
i anfon Sbarci adref?' gofynnodd Deio a
Dwynwen.

'Wrth gwrs!' atebodd Capten Lefi-Leishon-Lewis wrth weld deigryn gloyw yn llithro i lawr boch Sbarci. Cerddodd draw ato ac edrych yn ofalus ar y Gofodgar. Roedd e'n dipyn o arbenigwr ar geir.

49

'O diar . . .' meddai. 'Diar, diar. Mae arna
i ofn na fydd tair potel o laeth yn hanner
digon i lenwi tanc y Gofodgar. Bydd angen
llawer mwy na hynny i anfon Sbarci yr holl
ffordd yn ôl i'r Llwybr Llaethog . . .'

Suddodd calon Sbarci. 'Beth wna i nawr?' gofynnodd yn drist.

'Paid â phoeni,' atebodd Capten Lefi-Leishon-Lewis. 'Dwi wedi cael syniad . . .'

Pennod 7

Syllodd Sbarci yn syn ar Beti, buwch orau
Ffermwr Ffrancon.

Roedd Capten Lefi-Leishon-Lewis wedi
gofyn i Ffermwr Ffrancon a fydden nhw'n
cael defnyddio llaeth Beti i anfon Sbarci yn
ôl i'r Llwybr Llaethog.

'Wrth gwrs,' atebodd Ffermwr Ffrancon.
'Mi hoffwn i allu helpu.' Felly rowliodd Deio
ei lewys, eistedd ar stôl drithroed, a dechrau
godro Beti.

'Dyma sut rydych chi'n cael llaeth ar y
ddaear?' gwichiodd Sbarci mewn rhyfeddod.
'Gan fuwch?' Gwyliodd Dwynwen yn cario
bwced ar ôl bwced o laeth Beti i'r Gofodgar
a'i dywallt yn ofalus i mewn i'r tanc.

'Ie,' atebodd Dwynwen. 'Pam? O ble
rydych chi'n cael llaeth ar y Llwybr
Llaethog?'

'O gnau coco, wrth gwrs!' gwichiodd
Sbarci.

'Wyddwn i ddim dy fod ti'n gallu cael
llaeth o gnau coco!' meddai Deio'n syn.

'O wyt! Mae 'na garejys cnau coco anferth
ar y Llwybr Llaethog,' eglurodd Sbarci.
Dipiodd ei fys ym mwced laeth Beti a'i
sugno. 'Ond mae'r llaeth buwch yma'n
stwff da!'

'Dydy Deio a fi ddim yn yfed llaeth,' meddai Dwynwen. 'Mae'n llawer gwell gyda ni yfed lemonêd . . .'

'Lemonêd?' chwarddodd Sbarci. 'Fydden i byth yn cyrraedd adref petawn i'n llenwi'r Gofodgar â lemonêd! Dydy hwnnw'n dda i ddim i neb.'

'Na, *llaeth* ydy'r tanwydd gorau i'r
Gofodgar – a llaeth ydy'r tanwydd gorau i'r
corff hefyd . . .'

'Wir?' gofynnodd Dwynwen.

'Wir!' meddai Sbarci cyn neidio i mewn
i'r Gofodgar. Bellach, roedd y tanc yn llawn
dop. 'Diolch am fy helpu i fynd adre,
ffrindiau annwyl . . .'

Taniodd Sbarci'r Gofodgar a rhuodd y car
bach piws i'r awyr mewn cwmwl o fwg.

Chwifiodd pawb eu dwylo a gweiddi,
'Hwyl fawr!'.

'Siwrne saff yn ôl adref i ti,' gwaeddodd
pawb. Syllodd pawb i fyny nes bod y
Gofodgar yn ddim ond smotyn bach du yn
yr awyr.

Trodd Dwynwen i edrych ar y llaeth oedd ar ôl yn y bwcedi.

'Beth am flasu ychydig o'r llaeth yma?' awgrymodd Dwynwen, gan roi gwelltyn i Deio.

'Dwi'n meddwl bod Sbarci'n iawn,' meddai Dwynwen wrth Deio. 'Mae'r llaeth yma'n stwff andros o dda . . .'